Amir Piedade

São Paulo
de colina a cidade

Eduardo Vetillo
ilustrações

3ª edição
7ª reimpressão

*Às professoras e professores de São Paulo,
que educam nossas crianças
também para a vida.*

Não! Eu não fui sempre deste tamanho: ruas largas, bairros grandes, fábricas, milhões de pessoas, carros, escolas, metrô, túneis, parques, altos prédios. Tudo o que você vê!

Edifício Matarazzo, conhecido como Palácio do Anhangabaú, sede da prefeitura.

Antes que existisse como cidade, eu era uma colina com muitas árvores, rios limpos, animais selvagens, pássaros de várias cores. Ah, que sossego! O único barulho eram os sons da natureza. E, claro, dos habitantes da região, os índios, que viviam em harmonia com o ambiente.

São Paulo nos dias de hoje.

Um dia, vindos da Europa, chegaram os portugueses, homens e mulheres que desejavam conquistar a terra, e também os padres jesuítas, para catequizar, converter os índios e cuidar da Educação. Ficaram no litoral, construíram fortes e casas e começaram a explorar o território. Mesmo sendo poucos, fundaram vilas; a primeira delas foi a Vila de São Vicente, em 1532.

Fundação de São Vicente no litoral de São Paulo
Óleo de Benedito Calixto.

7

Depois de algum tempo, os portugueses decidiram subir a serra. Imensa, verde. Percorreram trilhas abertas com facões e foices no meio da mata. Subida difícil, caminho áspero, cheio de atoleiros, cansativo. Depois de muita caminhada, chegaram a um planalto, local mais elevado, situado entre dois rios: o rio Tamanduateí, que significa em língua tupi 'rio de muitas voltas', e o rio Anhangabaú, que quer dizer 'rio dos maus espíritos'. Como os rios transbordavam nas grandes chuvas, os peixes acabavam ficando fora do leito e secavam. Os índios chamavam isso de *piratininga*, 'peixe secando'. Por isso, a região ganhou o nome Planalto de Piratininga.

Calçada de Lorena, antigo caminho do litoral para São Paulo.

Observaram minha colina plana e verdejante cercada de rios de águas limpas. Ali, os jesuítas, cumprindo ordens do padre Manoel da Nóbrega, fundaram um colégio para dar Educação aos indígenas e aos colonos. Era o dia 25 de janeiro de 1554, dia da conversão de São Paulo ao cristianismo. O padre Manuel de Paiva e José de Anchieta ergueram uma cruz, fizeram um altar e rezaram uma missa, numa casa pobrezinha e muito pequena, na presença de todos que acompanharam a subida pela serra, além de algumas pessoas que moravam na região. Entre eles estava o português João Ramalho com sua esposa, a índia Bartira. Ela era filha do chefe dos Guaianaz, o cacique Tibiriçá, 'principal da terra', que também acompanhou a missa.

Páteo do Colégio, local de fundação da cidade de São Paulo.

A igreja e o colégio eram construções rústicas, com paredes de barro e pau e telhado de palha. Foram construídas outras casas do mesmo modo para abrigar as pessoas. Os índios Caiubi e Tibiriçá ficaram responsáveis pela minha defesa contra tribos inimigas. Mas não cresci rápido, não. Era preciso conhecer os arredores. Grupos de portugueses e índios chegaram até o rio Anhembi (nome que significa 'rio dos anhambus', ave existente na região), onde desembocava o rio Tamanduateí; mais tarde passou a ser chamado de Tietê, que significa 'rio que se espraia nas cheias'. Depois, chegaram ao rio Aricanduva, 'lugar onde existem muitas palmeiras', e à Itaquera, 'pedra de dormir'.

Os padres foram catequizando os índios e criaram os aldeamentos de São Miguel e de Nossa Senhora da Conceição de Pinheiros. Os comerciantes abriram pequenos armazéns onde se vendiam carnes e beijus (massa de mandioca assada bem fininha). Comia-se canjica e angu de milho, mandioca, sopa de cobra ou assado de lagarto, além de tanajura ou formigas saúvas (também chamadas de içás), torradas e misturadas com farinha. Por isso, durante muito tempo chamaram os paulistas de "papa-formigas".

Rio Tietê.

Com o passar do tempo, mais pessoas subiam a serra para morar em meu povoado. Daqui, seguiam em frente, acompanhando os bandeirantes que iam rumo ao interior, a fim de encontrar ouro, fundar novos povoados ou capturar indígenas, que depois eram vendidos como escravos em São Vicente, na Bahia e até na Argentina. Destruíram várias missões indígenas, entre elas a de Guairá. Os principais bandeirantes que partiram daqui foram Fernão Dias, Raposo Tavares e Borba Gato, além de Manuel Preto. Os bandeirantes paulistas acabaram com muitas tribos de índios, o que é uma página triste de minha história. Apesar disso, eles ajudaram a expandir as fronteiras do Brasil.

Monumento às Bandeiras,
Parque do Ibirapuera.

Fui crescendo e, em 1560, passei a ser chamada de Vila e Pelourinho – isto é, as leis e castigos já eram aplicados aqui. O pelourinho era uma coluna, na praça principal da vila, onde eram amarrados e punidos os criminosos e escravos que tentavam fugir. Também passei a ter uma Câmara, que exercia os três poderes: executivo, legislativo e judiciário. Mas foi somente em 1711, mais de cento e cinquenta anos depois de nascer, que passei a ser chamada de cidade. Em 1745 foi criada pelo papa a Sé de São Paulo, e o primeiro bispo foi D. Bernardo Rodrigues Nogueira.

Catedral da Sé, com o marco zero da cidade.

Cresci. Aqui, em 7 de setembro de 1822, às margens do riacho Ipiranga – palavra que significa 'rio de águas vermelhas, barrentas' – o então príncipe regente d. Pedro parou para descansar um pouco. Enquanto se recuperava da longa subida pela serra do Mar, recebeu cartas de sua esposa, Dona Leopoldina, e do ministro José Bonifácio, contando que Portugal exigia que ele voltasse imediatamente para Lisboa. Certo de que, se fizesse isso, o Brasil nunca seria livre, chamou os soldados, montou em sua mula e gritou: "Independência ou morte!". Com isso, o Brasil deixou de ser colônia e passou a ser um império; e eu recebi o título, no ano seguinte, de "A imperial cidade de São Paulo", por ordem do imperador d. Pedro I.

Monumento à Independência.

Eu estava progredindo e, para o lazer da população, em 1825, foi aberto ao público o Jardim Botânico da Luz, que seria o meu primeiro parque. Para a formação dos jovens, foi criada em 1827 a Academia de Direito, onde passaram a estudar alunos vindos de várias partes do Brasil. Nesse ano também é publicado meu primeiro jornal impresso, O Farol Paulistano. E, em 1835, foi instituído o cargo de prefeito, que dura apenas três anos. Esta curta existência ocorreu porque a Câmara Municipal não aceitava perder o poder que detinha.

Para ajudar meu progresso, facilitando o transporte das sacas de café do interior para o litoral, foi inaugurada em 1867 a Estrada de Ferro Santos-Jundiaí, por Irineu Evangelista de Sousa, o barão de Mauá; mais tarde, em associação com os ingleses, foi transformada na São Paulo Railway Company (SPR). Conhecida como *a inglesa*, a estrada cortava-me de ponta a ponta, o que propiciou o surgimento de inúmeros bairros ao longo dos trilhos: Brás, Barra Funda, Bom Retiro, Lapa.

Em 1872 ganhei iluminação a gás e bondes sobre trilhos, puxados por burros. Era um modo de melhorar a vida dos meus habitantes.

Estação da Luz.

No começo da República, eu já era uma grande cidade. Casas bonitas, ruas largas e, para ampliar a cultura, é inaugurado em 1890 o Museu do Ipiranga. Em 1891, foi construída a Avenida Paulista, onde os barões do café fizeram suas mansões; com o tempo, tornou-se uma das minhas principais avenidas. E, para me ajudar a crescer ainda mais, chegaram de longe, da Europa, muitos imigrantes para trabalhar na lavoura e nas indústrias que eu começava a ganhar. Eram italianos, espanhóis, portugueses e outros, que trouxeram sua cultura, seu trabalho. Ajudaram também a organizar os operários em sindicatos e, assim, conquistaram muitas melhorias profissionais.

Como eu estava crescendo, necessitava de uma melhor administração. Por isso, em 1898, foi recriado o cargo de prefeito e, neste novo período, meu primeiro prefeito foi o conselheiro Antônio da Silva Prado. Houve, então, uma separação entre os poderes públicos. O poder executivo passou a ser exercido pelo prefeito e o legislativo continuava com a Câmara. Nesse mesmo ano, surge o primeiro clube de futebol brasileiro: a Associação Atlética Mackenzie, que era formada apenas pelos alunos do colégio.

Museu do Ipiranga.

O século XX me encontra fervilhando de mudanças e acontecimentos. Aumentam as indústrias e o comércio. Um grupo de cinco operários e oito rapazes fundam, em setembro de 1910, o Sport Club Corinthians Paulista. Vou ganhando importância, e em 1911 é construído o Teatro Municipal. Em novembro de 1914, imigrantes italianos fundam o Palestra Itália, que mais tarde, em 1942, por causa da Segunda Guerra Mundial, teve de mudar o nome para Palmeiras. Em 1920 é fundada a Associação Portuguesa de Desportos, a Lusa, da união de cinco clubes existentes na época.

Vindos para agitar minha vida, em fevereiro de 1922, vários artistas causaram um grandioso escândalo ao apresentar no Teatro Municipal a Semana de Arte Moderna, criticando o que era considerado arte na época e propondo mudanças. Além das pinturas de Emiliano Di Cavalcanti, Vicente do Rego Monteiro e Anita Malfatti, houve exposição de esculturas de Victor Brecheret e peças musicais de Heitor Villa-Lobos. Aconteceram conferências, palestras, concertos; poesias foram declamadas. Manuel Bandeira, Mário de Andrade e Oswald de Andrade quebravam o estilo da época. Muitas pessoas não gostaram, mas foi o marco inicial da minha renovação artística e do Brasil.

No bairro da Mooca, empregados da fábrica de tecidos da família Crespi jogavam um futebol de várzea que daria origem, em 1924, ao Cotonifício Rodolfo Crespi Futebol Clube. Em 1930, mudou seu nome para Clube Atlético Juventus, como conhecemos hoje.

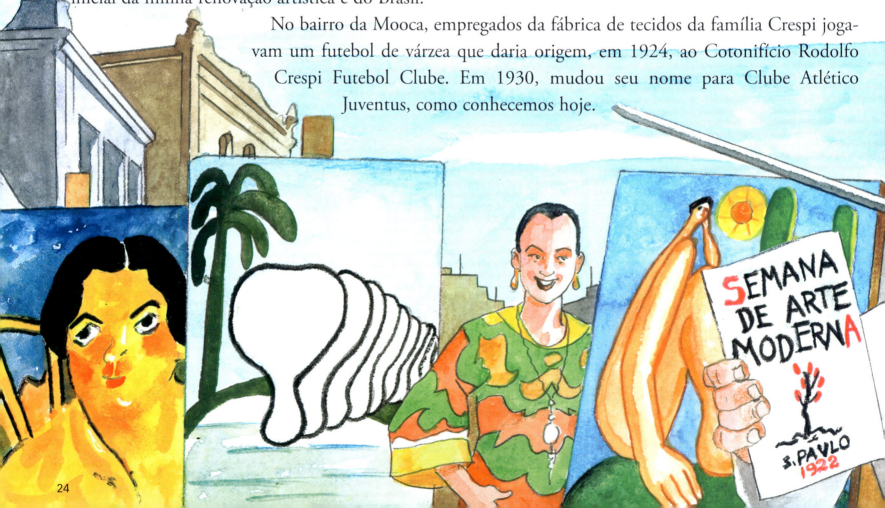

Teatro Municipal.

25

Em 1929, fiquei preocupadíssima com uma grave crise internacional, que fez cair o preço da saca de café que eu exportava. Os cafeicultores ficaram quebrados. As fábricas foram fechadas e o desemprego aumentou. Além disso, aconteceu um movimento chamado Revolução de 1930, que levou à presidência da República o gaúcho Getúlio Vargas. A administração de Vargas desagradava aos paulistas, porque, além de nomear um interventor para governar o Estado, dirigia o Brasil sem uma Constituição.

Acreditando que Getúlio Vargas queria se perpetuar no poder, os paulistas organizaram-se contra o governo. Em 23 de maio de 1932, várias manifestações levaram à morte de quatro jovens: Martins, Miragaia, Dráusio e Camargo. Das iniciais de seus nomes surgiu o movimento MMDC, que teve papel decisivo na organização de uma guerra civil.

O interventor Pedro de Toledo aderiu ao movimento e no dia 9 de julho, depois de muita agitação, unidades do Exército e da Força Pública são mobilizadas. Minha população participa ativamente do movimento doando joias na campanha "Ouro para o bem de São Paulo". Mas tropas de outros lugares do Brasil, leais a Vargas, cercam o Estado e em outubro põem fim à Guerra Paulista.

Acabava assim a Revolução Constitucionalista. Isso foi muito triste, porque morreram muitos dos meus jovens filhos. Mas eles tinham um ideal e lutaram por ele! E isso, até hoje, me dá muito orgulho.

Cartaz da campanha "Ouro para o bem de São Paulo".

O tempo foi passando e fui crescendo aceleradamente. Em 1934 é criada a minha primeira universidade, a USP (Universidade de São Paulo), que se tornaria uma das maiores e melhores universidades do Brasil e do mundo. Em dezembro de 1935, funda-se o São Paulo Futebol Clube, que, ao lado de Corinthians e Palmeiras, será a grande paixão dos paulistanos. E, para valorizar o futebol, é inaugurado em 1940 o Estádio do Pacaembu. Em outubro de 1947, ganhei um presente especial de Assis Chateaubriand e Pietro Maria Bardi: o Museu de Arte de São Paulo, mais conhecido como MASP. Nessa época, são criadas também a Pontifícia Universidade Católica de São Paulo – PUC (em 1946), e a Universidade Mackenzie (em 1952). A Educação foi ganhando destaque, e isso até hoje me envaidece.

Também já era a maior cidade do Brasil. As pessoas começavam a me ver como a cidade dos sonhos, a terra das oportunidades. Além dos imigrantes, chegaram os migrantes, pessoas que moravam em outras cidades ou Estados e aqui vieram para trabalhar, estudar e me transformar. Chegavam do Paraná, do Rio Grande do Sul, da Bahia, de Pernambuco, do Maranhão, do Amazonas, do Piauí, de Minas Gerais e de vários outros Estados. Ergueram prédios, construíram avenidas e o metrô. Transformaram-me com seus sonhos e com suas vidas.

Masp – Museu de Arte de São Paulo.

Cidade de contrastes.

Olhe para o lado. Veja a diferença no rosto de cada pessoa, nos olhos, no corpo, nos cabelos, na pele. Veja os prédios e as casas, os jardins e as praças. Os bairros pequenos e grandes. As casinhas simples e os barracos. Perceba as diferenças de uma cidade que cresce sem parar. Locais arborizados e ruas sem árvores, escolas de todos os tipos, com pessoas ricas e pobres, boas e más, alegres e tristes. Mansões, casas, apartamentos e também pobres casebres. Todos aqui constroem suas vidas e desejam fazer o melhor para, mudando sua vida, melhorar-me ainda mais. Imigrantes, migrantes, ricos e pobres – todos são meus cidadãos.

Amir Piedade, paranaense por nascimento e paulista por adoção, é professor da Educação Básica (Anos Finais) e do Ensino Superior, em que trabalha com alunos do curso de Pedagogia.

Além de escritor de livros infantis, é editor de Literatura e de obras pedagógicas para a Educação.

Pesquisador de literatura infantil e juvenil, é formado em Filosofia, História e Pedagogia. É mestre em Ciências da Religião e doutor em Educação: História, Política, Sociedade, ambos pela Pontifícia Universidade Católica de São Paulo (PUC-SP).

Escreveu este livro quando lecionava para crianças do quarto ano, a fim de que elas compreendessem um pouco da História da cidade de São Paulo. Uma cidade que é construída na ação cotidiana de todas as pessoas que nela vivem.

Eduardo Vetillo, ilustrador de livros didáticos e paradidáticos, tem colaborado em diversas editoras do país. Cursou a Escola de Artes Visuais de Nova Iorque, EUA, e atualmente dirige um estúdio de artes e programação visual em São Paulo, capital.

© 2004 texto Amir Piedade
ilustrações Eduardo Vetillo

© Direitos de publicação
CORTEZ EDITORA
Rua Monte Alegre, 1074 – Perdizes
05014-001 – São Paulo – SP
Tel.: (11) 3864-0111 Fax: (11) 3864-4290
cortez@cortezeditora.com.br
www.cortezeditora.com.br

Direção
José Xavier Cortez

Editor
Amir Piedade

Preparação
Roksyvan Paiva

Revisão
Alexandre Ricardo da Cunha
Nathaly Felipe Ferreira Alves
Roksyvan Paiva

Edição de Arte
Mauricio Rindeika Seolin

Fotos
Agestado: páginas 5, 6, 8, 10, 14, 23, 30
Mauricio R. Seolin: páginas 3, 13, 17, 19, 21, 25, 29

Impressão
EGB – Editora Gráfica Bernardi

Dados Internacionais de Catalogação na Publicação (CIP)
(Câmara Brasileira do Livro, SP, Brasil)

Piedade, Amir
  São Paulo: de colina a cidade. / Amir Piedade;
ilustrações Eduardo Vetillo — 3. ed. — São Paulo:
Cortez Editora, 2011.

ISBN 978-85-249-1486-7

1. Literatura infantojuvenil I. Vetillo, Eduardo. II. Título.

04-0806   CDD-028.5

Índices para catálogo sistemático:

| 1. Literatura infantil | 028.5 |
| 2. Literatura infantojuvenil | 028.5 |

Impresso no Brasil — setembro de 2022